PASSELIVRE

O caneco dourado

Edy Lima

Ilustrações de
Fábio Sgroi

IBEP

© Companhia Editora Nacional, 2009
© IBEP, 2011

Direção editorial Antonio Nicolau Youssef
Gerência editorial Célia de Assis
Edição Edgar Costa Silva
Assistência editorial Caline Canata Devèze
Preparação de texto Dora Helena Feres
Sandra Brazil
Coordenação de arte Narjara Lara
Assistência de arte Marilia Vilela
Viviane Aragão
Ilustração Fábio Sgroi
Produção editorial José Antonio Ferraz

CIP-BRASIL. CATALOGAÇÃO-NA-FONTE
SINDICATO NACIONAL DOS EDITORES DE LIVROS, RJ

L696c

Lima, Edy, 1926-
O caneco dourado / Edy Lima ; ilustrações de Fábio Sgroi. - São Paulo : IBEP, 2011.
56p. : il. (Passelivre)

ISBN 978-85-342-3083-4

1. Futebol - Ficção infantojuvenil. 2. Ficção infantojuvenil brasileira. I. Sgroi, Fábio, 1973-. II. Título. III. Série.

11-8356.   CDD: 028.5
                CDU: 087.5

09.12.11 20.12.11   032095

1ª edição – São Paulo – 2011
Todos os direitos reservados

COM A NOVA ORTOGRAFIA DA LÍNGUA PORTUGUESA

IBEP

Av. Alexandre Mackenzie, 619 – Jaguaré
São Paulo – SP – 05322-000 – Brasil – Tel.: (11) 2799-7799
www.editoraibep.com.br   www.eaprender.com.br
editoras@editoraibep.com.br

EDITORA AFILIADA

o caneco dourado

Sumário

O tempo dos sonhos, 7

Turbulências e solavancos, 11

Doces promessas, 17

Amarga realidade, 22

Primeiro amor, 26

Primeira vitória, 34

Intervalo de jogo, 38

Segundo tempo, 41

Prorrogação, 47

O TEMPO DOS SONHOS

Acomodou o corpo na poltrona do avião, ajeitou as pernas o melhor que pôde e virou de lado. Era seu jeito de chamar o sono. Sempre fazia assim, afinal passava um bom tempo voando de um lado para o outro, disputando jogos de futebol.

Quando fechou os olhos, entre acordado e dormindo, veio a lembrança do menino pobre e desamparado que fora. Viu a si mesmo no campinho de terra da comunidade, cheio de sonhos e de medo, a pedir:

– Seu Tavico, escala eu.

– Não me amola, moleque.

– Que é isso, seu Tavico? O senhor disse que veio cá treinar os garotos da comunidade, e eu também sou da comunidade, tenho direito.

– Direito de quê?

– De ser atacante...

– Só rindo! Você não leva jeito.

– Então, pra que eu sirvo?

– Vou pensar. Por enquanto, fica lá entre os reservas.

Fiquei. Ele chamava toda a molecada. Menos eu.

7

Aquela era a minha oportunidade ou nunca mais. A gente sempre tinha batido uma bolinha ali no meio da poeira e agora a comunidade ganhava um "treinador". Tá certo, seu Tavico não era nenhum ex-craque famoso, mas sabia algumas manhas que ia ensinar pra meninada.

De repente, ele gritou meu nome. Foi como se meu coração fosse sair pela boca. Corri para atendê-lo e ele me ordenou:

– Substitui o Betão.

Nunca, até aquele dia, tinha jogado na zaga, mas, se falasse qualquer coisa, seu Tavico me devorava vivo. Fui. Mal enxergava onde pisava e ia ser responsável pela defesa de que jeito? Não deu outra, logo em seguida os adversários fizeram um gol por falha minha. Seu Tavico gritou:

– Fora!

Foi como receber cartão vermelho. As lágrimas corriam pelo meu rosto e eu tentava engolir o choro para o vexame não ser maior. Alguns garotos deram uns assovios de vaia e eu saí correndo, mas minhas pernas estavam bambas e mal aguentavam meu corpo magrela de dez anos.

Uma turbulência sacudiu o avião e as lembranças ficaram para trás. Olhei em volta. Parecia que todos estavam dormindo. Ir de um lado para o outro do mundo, passar as noites em aviões era a rotina de todos nós. Acomodei o corpo e tentei adormecer. Surgiu então a lembrança da primeira vez que tinha voado.

Em casa, a mãe me beijou na despedida e recomendou:
– Toma cuidado!
Parecia um sonho disputar o torneio subdezessete. Naquele tempo, tudo era sonho. No aeroporto, os olhos tentavam observar os gestos dos outros para não passar vergonha, mas, acima de tudo, havia o desejo de vencer, de trazer o troféu da vitória na viagem de volta.
E agora? A mesma coisa. Muito mais velho, com uma bagagem de jogos, de vitórias, de aplausos, mas o sonho é vencer de novo.
E seu Tavico? Ainda bem que não ficou muito tempo treinando os meninos da comunidade. Logo depois tudo voltou ao que era antes, sem técnico e sem muita ordem, tipo pelada, com umas brigas de vez em quando.
O meu padrasto dizia:
– É bom você tratar de se virar, porque desse campinho aí nunca saiu nenhum craque.
– Eu vou ser o primeiro.
– Além de perna de pau, é metido à besta.
Minha mãe interferia:
– Deixa o menino em paz!
– Sonhar não enche barriga.
E ela continuava a lutar por mim:
– Ele trabalha e traz cada centavo pra casa.
– Grande trabalho entregar marmitas pra dona Ondina...
– Ela sabe jogar cartas, abriu o baralho pra ele e disse que ele tem um grande futuro.
– Bobagem! Ela diz isso pra todos os trouxas que pagam pra ela ler a sorte deles.

9

– Mas o menino não pagou nada.
– Não quero mais ouvir falar disso!
– Você que começou.
– Pois agora estou terminando.

Nem queria me lembrar, os dois sempre brigavam. Tinha pena da minha mãe, que trabalhava como diarista e, antes de sair, deixava comida pronta em casa e ainda lavava roupa à noite. Eu ia ser um craque e tirar minha mãe daquele sofrimento!

TURBULÊNCIAS E SOLAVANCOS

Passada a turbulência, espichei o corpo na poltrona da primeira classe e novamente tentei dormir. Mas o sono não veio. O que chegou logo a seguir foi o jantar. Todo mundo ficou muito aceso, pronto para devorar a refeição, falar alto, fazer brincadeiras.

Comecei a comer e falei para meu colega ao lado, velho amigo desde os tempos do sub-17:

– Tava pensando agora há pouco numa vizinha que a gente tinha quando era garoto.

O outro tirou sarro:

– O primeiro amor ninguém esquece!

– Nada disso. Era uma senhora que fazia marmita e eu entregava.

– E daí?

– Acho que foi minha primeira nutricionista.

– Pra marmita, esta comida aqui tá boa demais, não acha?

– Ela se preocupava com o que eu comia, dizia que eu ia ser um jogador importante...

– Será que ela acertou?

— Deixa pra lá!
— Sabe o que tá acontecendo? Isso é coisa de idade. Velho é que vive de lembrança.
— Velho é você, tem um ano a mais que eu.
— Nada disso.
— Sei muito bem, a gente viajou junto no subdezessete.
— Eu lembro do medão que você tinha de avião!
— Até parece que você sabia muito de viagem naquele tempo.
— Te cuida senão o reumatismo te pega. Isso é velhice! Lembrar do tempo de menino, quando jogava peladas no campinho de terra... Se for por aí, não demora a pendurar as chuteiras.

Trocamos socos de brincadeira. Depois, ainda rindo, voltamos a devorar a comida e falar bobagens.

O jantar tinha arrancado todos daquela sonolência em que estavam antes. Agora uns cantavam, outros davam risadas, falavam alto, era uma algazarra geral. A festa não durou muito; os comissários de bordo ainda estavam retirando as bandejas e a turbulência recomeçou, desta vez mais forte. Quem estava de pé tornou a se sentar.

Aqueles solavancos no ar fizeram com que eu me lembrasse dos solavancos na estrada esburacada em que viajei na minha primeira excursão.

Era um adolescente de 14 anos e tinha conseguido ser contratado por um clube da 3ª divisão. Contratado é modo de dizer, pois não havia contrato e só recebia quando jogava. Nem todos eram garotos como eu. Havia uns caras bem mais velhos, que já tinham vivido tempos melhores e, por falta de opção, agora se sujeitavam a jogar ali. Por um lado foi bom, aprendi com esse pessoal alguns

segredos do ofício. Mas naquela viagem choveu e havia um trecho da estrada onde o asfalto esburacado dava lugar a um caminho de terra. De repente, o ônibus velho não aguentou. O motorista virou para a gente e disse:
– Rapaziada, tá na hora de descer e empurrar o ônibus. Estamos atolados!
– Que é isso?! A gente tem que chegar lá e jogar.
– Se não sairmos daqui, não vai ter jogo.
Não houve outro jeito. Foi preciso se encharcar na chuva, ficar todo enlameado e fazer força para conseguir tirar o velho ônibus do atoleiro. Estávamos molhados até os ossos, ninguém tinha ânimo para nada. Sentamos dentro do ônibus, quietos e de cabeça baixa. O motorista tocou a lata-velha e seguiu enfrentando os buracos, assobiando. Aquele assobio era como um grito desesperado no meio daquele grupo tão sem esperança. Então, o goleiro espirrou – devia ser o começo de um resfriado por causa da roupa molhada. Uma voz desejou:
– Saúde!
Um dos mais velhos e mais experientes ficou em pé e falou:
– Vamos lá, moçada, é preciso reagir! Não podemos ser derrotados antes de entrar em campo. Ânimo! Todo mundo cantando.
E abriu cantoria com um vozeirão:
– Nem chuva, nem vento, pra nosso time não tem mau tempo...
Outro gritou:
– Isso é muito sem graça... Vamos partir pro samba!
Dois ou três bateram o ritmo com as mãos e a turma abriu a voz, alguns bem desafinados, mas mesmo assim

13

o samba correu solto, e uns e outros tiraram as camisas e as torceram para fazer escorrer a água – era um progresso em meio à desgraceira total.

Chegamos quase na hora do jogo, íamos enfrentar o time da casa que estava bem descansado e não feito nós, molhados e exaustos. Mas o pior foi que o nosso goleiro, aquele que tinha espirrado, estava com um febrão de dar pena. Mal conseguia ficar em pé. Não havia reserva. Por economia, toda a nossa reserva eram dois pernas de pau, que poderiam substituir qualquer um, mas não jogavam nada que se aproveitasse em nenhuma posição.

O treinador apelou para o pobre coitado que tremia de febre:

– Será que não dá para fazer um sacrifício?

– Acho que não aguento.

Mesmo assim foi para o gol.

Não aguentou e caiu desmaiado. Os adversários aproveitaram para fazer o primeiro gol. Houve discussão, bate-boca, mas o juiz validou o gol. A coisa era pior do que poderíamos supor. Sentimos que, além da superioridade, o time da casa tinha apito amigo. O goleiro foi retirado de maca. Alguém soprou no ouvido de nosso treinador que eu fora goleiro naquele tempo de criança com o seu Tavico. Ele me chamou e deu a ordem:

– Você entra no gol.

– Não sou goleiro.

– É o único com alguma experiência.

– Experiência, eu?

– No tempo do Tavico, treinou no gol. Mostra o que sabe.

– Mas eu...
– Não há mais tempo de discutir! Entre e tome conta do gol.

Entrei.

Estava com uma raiva danada; raiva da vida, do treinador e, principalmente, do seu Tavico, que só de maldade me mandava jogar de goleiro. Ele sabia que eu detestava essa posição e que não levava o menor jeito, mas me fazia ficar horas treinando. Eu obedecia, porque era a condição que ele impunha para me deixar jogar de zagueiro e, uma vez ou outra, mais adiantado, no meio campo.

Perdemos de goleada. Foi uma vergonha.

A torcida deles (nós não tínhamos torcida) berrava:
— Aí, frangueiro!

Nem mesmo naquele dia em que seu Tavico me expulsou do campinho de futebol me sentira tão humilhado como nesse jogo. Na volta, não tive coragem de falar para minha mãe da derrota sofrida. Ela estava tão aflita com a perda de duas faxinas que menti:
— A gente empatou, mas da outra vez a gente ganha.

D. Ondina adivinhou, porque, mal me viu, abraçou-me com carinho redobrado e falou:
— Não desanime, meu filho.

Isso foi demais para meus nervos exaustos, chorei e lavei a alma naquele ombro amigo.

Ela me garantiu que ia surgir alguém para abrir todas as portas.

DOCES PROMESSAS

A porta que se abriu naquele instante foi a da casa de d. Ondina. Por ela, entrou um mulato alto, com um riso de fazer amigos, dizendo:
– Como vai, minha mãe?
– E eu tenho filho dessa idade por acaso?
– Mãe espiritual, amiga de sempre, dona do coração deste seu filho que sempre volta para ouvir seus conselhos e lhe pedir a bênção.
Ao dizer aquelas coisas, curvou-se diante de d. Ondina e lhe beijou a mão. Achei bonito o jeito dele e olhei com admiração para um cara que sabia das coisas. D. Ondina respondeu às gentilezas com um sorriso muito lindo, daqueles que deixam todo mundo de bem com a vida, e falou:
– Fico feliz com sua visita, venha pra cozinha tomar café.
– Tem bolo?
– Sempre tem, por isso é que carrego estes quilos a mais.
– Qual o quê, tá sempre como uma fada, boa que é.

Achei que tava em tempo de dar o fora para não atrapalhar e disse:
— Dona Ondina, tô indo.
— Nada disso, venha comigo pra cozinha tomar café. Quero falar de você pro Neco, ele foi um grande jogador de futebol.

Neco retrucou com seu jeito manhoso:
— Fui grande jogador coisa nenhuma, ainda sou, porque quem foi rei nunca perde a majestade.

Entramos na cozinha, d. Ondina pôs água no fogo e foi cortando e servindo para nós o bolo mais saboroso que comi em toda a minha vida. Tinha sabor de promessa, de mudança de vida, de abertura de portas, como ela tinha previsto.

Enquanto ela coava o café e Neco se servia da segunda fatia de bolo, ele olhou para mim de frente pela primeira vez e me dirigiu a palavra:
— Você quer ser jogador?

Antes que eu respondesse, d. Ondina falou por mim:
— Ele não quer ser, ele já é dos bons, embora ainda esteja perdido neste fundão, mas agora você vai dar o apoio que ele precisa para conhecer as pessoas certas.
— Este seu humilde servidor faz o que sua mestra mandar.

Ela terminou de coar o café e nos serviu em xícaras grandes com bastante açúcar.

Neco provou e elogiou:
— Quente, forte e bem doce, como este seu criado aprecia.

Ela insistia e o marcava como se fosse um zagueiro daqueles durões, que viram sombra do atacante em campo:

— E o menino? Que você vai fazer?
— Arranjo um teste pra ele.
Ela insistiu:
— Num clube bom! Você não é amigo de toda essa gente que manda por aí?
— Dou um jeito.
— Não vive a dizer que conhece este e aquele, que jogou com fulano e com beltrano?
— Vivo a dizer coisa nenhuma, é tudo verdade, eu até fui figurinha de álbum de futebol.

Fiquei pasmo com o fenômeno. Eu nem sequer podia comprar figurinhas, embora já tivesse ganhado algumas no "bafo", e achava que o máximo da carreira de jogador de futebol era virar figurinha.

Mas d. Ondina não pretendia deixar a conversa esfriar e insistiu:

– Hoje você vai sair daqui com a promessa de levar este menino pra um teste.

Era daqueles atacantes que deixa zagueiro no chão e rouba a bola, ia fazer gol e fez, porque ele foi obrigado a responder:

– Amanhã mesmo. Saio daqui com essa missão e não volto sem conseguir que ele faça um teste num bom clube.

– Agora estou te reconhecendo. Para mim, d. Ondina disse:

– Pode ir, meu filho. Volta amanhã e vai ter novidade.

Neco era gente boa, sorriu para mim e disse:

– Confia neste teu amigo. Vou conseguir marcar um teste pra você.

D. Ondina passou a mão na minha cabeça e falou:

– Tenha fé em Deus, vou rezar por você.

No dia seguinte, ela deve ter rezado muito, porque Neco encontrou um amigo dos velhos tempos que o levou a um bom clube, onde ele conseguiu marcar um teste para mim.

D. Ondina foi meu primeiro preparador psicológico, ia me dando força para o momento decisivo. Neco me acompanhou para o teste e ia me dizendo no caminho:

– Fique calmo. O nervosismo é que faz muita gente perder.

Para entrar nas categorias de base, precisava disputar a vaga com dezenas de outros candidatos. Cada um de nós tinha apenas dez minutos para mostrar o que sabia e ser escolhido ou refugado. Esperei horas para ser chamado. Não tinha almoçado, apenas comi um pão com mortadela que minha mãe preparara para eu trazer.

Por fim, chegou a minha vez. Tentei permanecer calmo, como o Neco recomendara, e me encomendei às orações de d. Ondina.

Pisei no gramado com o pé direito e fiz o que pude. Acho até que nunca tinha imaginado que pudesse fazer tanta coisa.

No fim, chamaram dois nomes, e nenhum era o meu. Aquelas malditas lágrimas que não sou capaz de segurar correram pelo meu rosto e as limpei com as costas da mão.

Neco passou o braço sobre meus ombros e disse:
– Força, companheiro, nada está perdido.

Amarga realidade

Na rua, comecei a me sentir mal, o estômago dava voltas e eu mal podia caminhar.
Neco disse, animado:
– Lá vem vindo o nosso ônibus. Se a gente der uma corridinha, alcança o ponto a tempo de apanhá-lo. Tô doido pra chegar em casa e devorar um bom almoço, que não me aguento mais de fome.
Quando ele falou em almoço, meu estômago piorou, quis correr, mas as pernas não obedeceram. Chamei:
– Neco...
Ele se voltou e olhou para mim, foi então que percebeu algo estranho:
– Que há com você? Está pálido e com uma cara...
– Nada, vamos correr para o ponto do ônibus.
Fiz um esforço para conseguir mover as pernas, mas parecia impossível. Via o ônibus chegando e nós ainda bem longe.
Neco, sempre conciliador, falou:
– Deixa pra lá, a gente perdeu este ônibus, mas pega outro.

Eu quis fazer piada e disse:
— Tô fraco na corrida, não dá pra fazer contra-ataque.
Neco me olhou sério:
— Que você tá sentindo?
— Tô mal.
Aí foi ele quem fez piada:
— E o que está pior em tudo isso?
— Meu estômago. Acho que vou vomitar.
— Venha, entre nesse boteco, vá direto pro banheiro e bote tudo pra fora. Livre-se do mal para ficar bom.
Entramos no boteco. Numa rapidez danada, Neco perguntou onde ficava o banheiro e me disse:
— Corre, é lá no fundo.
Quando saímos do boteco, eu me sentia um pouco melhor e contei ao Neco sobre a sujeira que encontrei.
Ele riu e me disse:
— Ainda bem que não tomei nem um cafezinho. Pra usar uma imundície dessas, eu não precisava compensar o dono, embora ele tenha dado a entender que eu devia "consumir alguma coisa".
— Mas como você sabia que estava sujo?
— A experiência de vida me ensinou que esses botecos tipo "pé sujo", em geral, não zelam pela limpeza em locais como o que você ia usar...
— Tá falando fino, hein!
— Reservo para quando tenho de falar com um amigo que se sentiu mal...
— Mas agora tô bem.
— Então vamos para o ponto, que já deve estar chegando outro ônibus que nos serve e minha fome só aumentou.
— Você acha que joguei mal?

23

– Jogou bem, mas fique tranquilo, vou conseguir outra "peneira" pra você. Não se aflija que o estômago piora com o nervosismo.

Dessa vez chegamos ao ponto e esperamos uns bons minutos para que viesse um ônibus que nos levasse para perto de casa.

No ponto de ônibus, eu comentei:
– Culpa minha termos perdido o outro ônibus.
– Sorte nossa e de todos os passageiros. Imagina se dentro do ônibus cheio, onde mal dá pra gente ficar em pé, você botasse pra fora tudo que tava incomodando no seu estômago?

Rimos e eu quase esqueci o mal-estar. Ainda sentia uma pontada na barriga, mas não queria falar no assunto.

Passaram alguns ônibus, mas o que nos servia demorou um bocado. Por fim chegou e nós entramos. Na verdade, devido ao horário, não estava tão cheio quanto de costume, mesmo assim era viajar de pé e se dar por contente.

Quando descemos, Neco comentou:
– Vamos pra onde a comida está garantida.

Eu sabia que ele se referia à casa de d. Ondina e, como naquela hora minha mãe estava fazendo faxina para alguma freguesa, concordei:
– Vamos pra lá.

Mal nos viu, d. Ondina me abraçou e disse com carinho:
– Pela cara dos dois, já sei que hoje ainda não é o dia para comemorar.

A hora do almoço tinha passado havia muito tempo, mas d. Ondina deixara dois pratos feitos no forno a nossa espera.

Neco foi logo avisando:
- Tô com fome!
Eu, só de pensar em comida, sentia náusea e ofereci:
- Pode ficar com a minha parte.
D. Ondina quis saber:
- Está rejeitando comida, por quê?
Contei como me sentia e ela me disse:
- Vou fazer um chá, que vai resolver esse mal-estar.

Colheu, no próprio quintal, alguma coisa entre suas ervas medicinais, lavou e pôs para ferver, em água, para preparar o chá.

Neco contou o que acontecera, já devorando o prato de comida e de olho no que fora preparado para mim. Terminou acrescentando:
- Ele ficou nervoso e adoeceu do estômago, mas já prometi que vou conseguir outra "peneira" pra ele.

D. Ondina me abraçou e garantiu:
- Na próxima vez, você vai ser escolhido, eu prometo.

Não sei se aquilo era algum palpite, uma previsão, ou se ela falava só pra me animar.

Primeiro amor

Na segunda "peneira", tudo foi diferente. Eu estava mais seguro. Neco tinha me dado uns conselhos, inclusive de jogar mais adiantado. D. Ondina providenciou um lanche leve, mas bem nutritivo, para manter minha energia e não me causar problema de estômago.

Desta vez tive sorte de ser chamado logo no começo do teste, quando ainda não dera tempo de ficar nervoso. Entrei com muita segurança e deu certo.

Naquela hora, tudo devia estar a meu favor, porque o cara que julgava os testes me disse no final:

– Você, quando se inscreveu, declarou que é volante. Quem disse isso pra você?

– Um cara que andou treinando os garotos da comunidade.

– Ele é um burro!

Era minha vingança tardia contra seu Tavico ouvir alguém xingá-lo com tanto desprezo.

Fiquei esperando o que mais o cara tinha pra me dizer, e foram as palavras mais doces que meus ouvidos podiam esperar:

– Você nasceu camisa dez, tem que jogar adiantado. Você não é pra destruir jogada, é pra construir.

Aquelas lágrimas que eu não podia conter, nem na hora da tristeza, nem na hora da alegria, correram pelo meu rosto.

Ficou tudo acertado: eu iria morar no alojamento e minha mãe precisava assinar uns papéis, que era uma espécie de contrato.

Na saída, Neco me levou para tomar guaraná e comer pastéis numa lanchonete ali em frente. Pela primeira vez tive a sensação de que vida de jogador de futebol podia ser maravilhosa. A garçonete era uma menina mais ou menos da minha idade, com olhos lindos e cabelo longo. Apaixonei-me à primeira vista.

Enquanto morei no alojamento, guardava cada tostão para dar à minha mãe, mas havia um dinheirinho sagrado que eu gastava na lanchonete. Nada de guaraná com pastéis, que era muito caro. Eu entrava lá para comprar nem que fosse uma caixa de fósforo, que depois dava para minha mãe. Não podia ficar sem ver aquela menina. Ela se chamava Gladis e era filha do dono. Pelo jeito, também gostava de mim. Uma vez conseguimos marcar um encontro fora da lanchonete. No dia combinado, amanheci dividido entre o treino e o encontro com a Gladis. O treinador percebeu que eu estava longe dali e me deu uma bronca:
– Acorda e entra no jogo. Deixa de ser molenga!
Eu sabia que estava jogando mal. Tentei dar tudo de mim no treino como se fosse uma partida decisiva. A gente não consegue a raça necessária quando a cabeça voa por outros campos que não aquele de grama onde a gente pisa. Só fiz bobagem e, naquela aflição de conseguir me entrosar, cometi uma besteira maior: dei um carrinho num colega. Foi a gota d'água. O treinador me xingou de tudo que sabia e de coisas que eu nunca tinha ouvido antes. Mas o pior foi no final, quando ele berrou:
– Fora! Hoje você não treina mais! E está suspensa qualquer saída sua por três dias!
Aquelas benditas lágrimas, que até hoje não consigo segurar, correram pelo meu rosto. Eram por causa da vergonha do que fizera – ainda bem que o garoto em quem eu dera o carrinho não quebrou nada – e do desespero de não comparecer ao encontro com a Gladis e não poder avisá-la do motivo que me impedia de ir.
Foram dias de muita dor, e o pior é que a preocupação com a Gladis estava impedindo que eu jogasse como de

costume. Sabia que estava mal e que não podia continuar assim, ou comprometeria meus sonhos e planos de futuro. Os três dias, por mais duros que fossem, passaram, e pude sair outra vez.

Contei as moedas que tinha e entrei na lanchonete disposto a gastá-las todas para poder ser atendido por Gladis e explicar o que acontecera. Assim que me aproximei do balcão e ela me viu, virou a cara e fingiu que nem me conhecia. Fiquei lá sentado sem que ela se aproximasse para perguntar o que eu queria. Senti que minhas mãos estavam suando, mas era preciso enfrentar a situação. É como bater pênalti – se vacilar, joga a bola fora. Respirei fundo e fiz meu pedido:
– Um pastel.
A voz saiu esganiçada e sem firmeza.
Gladis nem me olhou e respondeu:
– O pastel acabou.

Eu sabia que era mentira, porque estava enxergando alguns na vitrine, mas precisei virar o rosto, porque as lágrimas ameaçavam correr. Saí depressa, porque pior seria ela me ver chorar.

No lado de fora, deixei as lágrimas correrem. De noite, me revirei na cama, sem conseguir dormir. Foi quando me lembrei da pessoa a quem podia pedir socorro.

No domingo, que era o dia em que eu podia visitar a minha mãe, aproveitei para ir até a casa de d. Ondina e desabafar. Para minha mãe, eu não conseguia falar senão de coisas boas, porque problemas ela já tinha demais com a própria vida e com o meu padrasto.

Para d. Ondina, abri meu coração. Ela me abraçou, carinhosa, e disse:

– Tudo tem jeito. Por enquanto, vá comendo um pedaço de bolo com doce de leite.

A guloseima adoçou a boca e fez eu me sentir confiante na solução que ela daria.

D. Ondina passou a mão pela minha cabeça e disse:
– Lembra do Neco?
– Claro, meu padrinho, que conseguiu me encaminhar...
– Quem conseguiu foi você. Ele apenas abriu a porta.
– Onde ele anda?
– Está viajando, mas volta amanhã. Vou pedir que vá até essa lanchonete e dê uma explicação pra Gladis. Esse é o nome da menina, não é?
– É sim.
– Fique tranquilo. Tudo vai acabar bem. Enquanto você espera que as coisas se acomodem, mantenha seu coraçãozinho calmo e treine com raça. Eu lhe prometo que, em relação à Gladis, o caso está resolvido.
– Certo mesmo?
– Alguma vez fiz promessa que não se realizasse?
– Nunca.
– Então, confie e saiba que rezo muito por você.
– Obrigado.
– Não agradeça. Você é meu orgulho. Vou poder contar para todos que você comia do meu bolo muito antes de se tornar ídolo mundial.

Como aquilo estava além de meus sonhos, ri. Por enquanto, bastava fazer a Gladis entender que eu não comparecera ao encontro porque fora impedido de sair por três dias.

Abracei d. Ondina. Ela me deu um beijo na testa e disse:

– O Neco dá um jeito de avisar você quando a poeira baixar e estiver no momento certo de você voltar à lanchonete.

Naquela noite, dormi tranquilo e, no dia seguinte, brilhei no treino. Voltaram a confiança e a alegria. D. Ondina me dera a paz de que eu precisava. A espera agora não era angustiante. Eu tinha certeza de que o Neco ia resolver o assunto e tudo ficaria esclarecido.

Não deu outra. Com aquele seu jeito especial, ele contou para Gladis o que tinha acontecido e ela aceitou as minhas desculpas. No fim da tarde, nos encontramos na praça. Nenhum de nós dois sabia o que falar. Eu sentia as mãos geladas e não me lembrava de nenhuma das palavras que, em pensamento, quando estava longe, imaginava dizer. Ela me olhou com aqueles olhos maravilhosos, mas também não disse nada. Eu mal conseguia pronunciar:

– Tudo bem?
– Tudo.
– A pracinha é bem bonita.
– Já foi melhor, está um pouco abandonada.
– Um dia talvez arrumem.
– Pode ser.
– Eu jogo futebol, quer dizer, estou na categoria de base.
– Eu sei, você me contou na lanchonete.
– É mesmo.
– Eu não posso demorar muito.

Fiz um esforço imenso e consegui dizer, gaguejando e com voz insegura:

– A gente vai se encontrar outras vezes, né?

– Sei não.
De repente, fiquei corajoso e acrescentei:
– Não gostou de me encontrar?
– Gostei, sim.
– Ainda bem, porque eu gosto muito de você.

Foi como se eu tivesse puxado aquelas palavras do fundo da alma, porque fiquei parado e meio tonto.

Ela murmurou:
– Eu sei.

Eu não tinha forças para mais nada, mas, feito carro desgovernado, também não conseguia parar e segui no mesmo rumo:
– Você gosta?

– De quê?
– De mim... Quer dizer, um pouco...
– Acho que sim.
– Então a gente vai se encontrar outras vezes.
– Agora eu tenho de ir. Tchau!

Estendi a mão para segurar a dela, mas Gladis já tinha se afastado e me deixou ali parado. Apenas consegui dizer:

– Tchau! A gente marca outro encontro.

PRIMEIRA VITÓRIA

Ainda fiquei um tempo na praça, sabia que não aproveitara a ocasião como tinha imaginado. Ao mesmo tempo, sabia que teria outra chance. Quando fiquei mais calmo, voltei para o alojamento.

De noite, depois do jantar, a gente se reunia na sala de televisão e assistia a alguns programas. Naquela noite, estava distraído e mal conseguia prestar atenção. De repente vi algo terrível para mim: nossa comunidade estava pegando fogo! As chamas envolviam os barracos de madeira e papelão, que queimavam fácil. Havia gente correndo desesperada. O cinegrafista focou uma mulher que eu reconheci.

Gritei:

— É dona Amélia, nossa vizinha!

A mulher falou na TV, entre lágrimas:

— Perdi tudo. Que vai ser de mim? Anos de trabalho, e o fogo queimou tudo!

Levantei correndo e gritando:

— E minha mãe, onde está?!

Expliquei a tragédia ao encarregado do nosso setor e ele me deu licença para ir até lá e só voltar no dia seguinte:

– Na hora do treino, esteja aqui!
Quando cheguei, as chamas altas que vira na TV já tinham desaparecido devido ao trabalho dos bombeiros.
Havia cheiro de queimado, fumaça e pequenas chamas que renasciam cá ou lá em meio ao entulho do que antes tinham sido casas, móveis, objetos das pessoas que viviam ali. Gritos, choro, gente se lamentando... Alguns buscavam o que sobrara dos seus bens em meio às brasas. Não vi minha mãe e corri até a casa de d. Ondina, que ficava na primeira rua depois da favela.
Minha mãe estava lá, como eu pensara. Demos o abraço mais emocionado e silencioso de nossas vidas. Por fim, ela conseguiu murmurar em meio às lágrimas:
– Meu filho!
– Minha mãe querida.
Meu padrasto tinha viajado para o interior, onde morava a família dele. Na certa, ficou sabendo da desgraça pela televisão e decidiu não voltar mais. Acho que a minha mãe não teria tido coragem de se separar dele e, afinal, as circunstâncias agiram por ela.
No outro dia, bem cedinho, no café da manhã que tomamos juntos, ficou combinado que ela passaria a morar com d. Ondina. Assim que pudesse, lhe daria uma mesada e, no futuro, em meus sonhos mais loucos, prometi comprar-lhe uma casa.
Naquela semana, eu fui convocado para a seleção sub-17 que iria disputar o Mundial. Meu coração saltou no peito, mal podia acreditar.
Antes da viagem, marquei um encontro com Gladis e contei:
– Fui convocado para a seleção subdezessete.

35

– Você vai ser campeão mundial?
– Com certeza! Assista pela televisão. Cada gol que eu fizer, mando um beijo pra você.
– Que coisa linda!
Aproveitando o clima, nos beijamos.
Nesse momento, surgiu o pai dela feito uma fera, me insultando:
– Moleque sem-vergonha! Suma daqui, senão sou capaz de quebrar sua cara!
– Calma, seu Leonço... Quero casar com sua filha!
– Só faltava essa! Não preciso de genro que nem você!
– Vou ser campeão mundial do subdezessete e, na volta, com certeza, vou ter proposta de clube grande...
– Essa história todos vocês da categoria de base contam, mas a mim não enganam!
– Seu Leonço, todo mundo fica orgulhoso de ter um jogador de futebol na família...
– Sim, quando se trata de um grande craque.
– Eu vou ser um deles.
– Isso é o que você acha! Toda a molecada pensa o mesmo, só que chegar lá é para poucos. Os outros ficam por aí, jogando na terceira divisão, ganhando salário mínimo.
Desta vez Gladis é que chorou. Eu queria abraçá-la e prometer que a gente iria se casar, com o consentimento dele ou não. Em vez disso, ali estava seu Leonço, me ameaçando e me expulsando feito cachorro:
– Cai fora, vagabundo!
Fui embora, mas certo de que, quando voltasse e meu nome, talvez com foto, tivesse saído no jornal, o clima seria outro.

A viagem e tudo o que havia de novo para ver e descobrir me davam uma sensação de euforia. Só perdemos um jogo e empatamos outro, ganhamos o torneio e levantamos o caneco.

Na volta, não havia multidão no aeroporto, afinal não passávamos de um grupo de meninos desconhecidos, mas a alegria era sem limites e havia jornalistas e fotógrafos para nos dar a sensação de fama.

INTERVALO DE JOGO

D. Ondina organizou uma festinha com os amigos da vizinhança e houve até foguetório! Lá pelas tantas da comemoração, Neco me deu uns conselhos de paizão:

– Você tá vivendo um momento decisivo. Não deixa a vaidade subir à cabeça.

– Tô sabendo.

– Não esquece que isto é só o começo e, se você tiver juízo, vai longe, mas ainda tem muito que aprender. O talento, você nasceu com ele.

O jornal com minha foto passava de mão em mão, e todos me davam abraços e juravam que sempre tinham acreditado em mim.

Minha mãe me seguia com os olhos, muito emocionada. Às vezes chegava perto, passava a mão nos meus cabelos ou segurava minha mão. Aqueles gestos simples, que eu retribuía com carinho, me enchiam de ternura.

Havia coisas que só nós dois sabíamos: as dificuldades, os momentos de não ter o que comer, as desilusões, a falta de compreensão de muitos. Eu sorria e dizia para ela:

– Vá se acostumando.

D. Ondina também estava orgulhosa e, em certo momento, passou o braço sobre os ombros de minha mãe e disse:

– Venha, amiga. Deixe o menino curtir a festa. Afinal, ele vai ser sempre seu.

Todos me bajulavam: até gente da vizinhança, que nunca acreditara em mim, e também alguns que concordavam com meu padrasto de que era melhor eu procurar um trabalho que rendesse alguma coisa, em vez de ficar querendo dar o passo maior que a perna. Além disso, havia os que pensavam que eu já estava ganhando muito dinheiro e queriam obter algum favor.

Havia também algumas meninas da comunidade e outras da vizinhança de d. Ondina, que antes fingiam nem me ver, como se eu fosse invisível. Agora tinham mudado de opinião e só enxergavam a mim. Os outros garotos é que tinham se tornado invisíveis. Elas faziam o possível para me agradar, perguntavam sobre a temporada no exterior e os jogos do sub-17. Outras ofereciam docinhos na bandeja e uma, mais ousada, me pôs um doce direto na boca.

A proximidade delas me fazia pensar em Gladis, que eu ainda não tornara a encontrar. Ela sempre me dera atenção, mesmo quando eu não tinha dinheiro para pagar um pastel. E o mais importante era que eu amava Gladis, e não as exibidas aqui da vizinhança. Essas, como se fossem um enxame de moscas, me seguiam e rodeavam.

Neco comentou, rindo:

– É isso aí! Por toda parte e em qualquer lugar haverá mariposas voando à sua volta e o assédio vai ser mais intenso quanto mais sucesso você tiver.

– Tô sentindo a barra! Mas eu gosto é da Gladis.

– A da lanchonete?

– Essa mesma, mas o pai é osso duro. Tô querendo que você vá até lá comigo pra conversar com ele, com todo o respeito.

– Agora eu sou o seu cupido e também domador de fera?

– Amigo é pra essas coisas. Você fez mais do que isso quando conseguiu meu teste.

– Tá bem, concordo. Se não concordasse, você ia apelar para dona Ondina e ela ia me obrigar a ceder!

– Ela é minha protetora, sempre foi e sempre vai ser.

A festa continuou animada. Meu pensamento, de vez em quando, fugia dali e pousava nos lindos olhos de Gladis.

Segundo tempo

No dia seguinte, Neco cumpriu a promessa e foi comigo até a lanchonete. Pedi:
– Guaraná e dois pastéis pra cada um.
Desta vez, fui eu quem pagou.
Enquanto Gladis nos servia, aproveitei para combinar um encontro na praça no fim da tarde.
O pai dela nos olhava enviesado. Neco se levantou e, fingindo querer ver uns chaveirinhos que estavam perto do caixa, foi falar com a fera. Ele era jeitoso para levar o assunto na direção que lhe convinha e, apontando para o meu lado, contou:
– Viu o retrato do garoto no jornal? É um novo craque! Acabou de voltar como campeão subdezessete!
– Hummm...
– Não é pouca coisa! Isso abre a porta para contrato com clube grande, e daí a coisa deslancha. Sabe como é: muita fama e muita grana!
– Pode ser. E o chaveiro, vai levar?
– Não é bem o que eu estava procurando, mas foi um prazer falar com o senhor.

Percebi que o seu Leonço me olhava de outro jeito, mais amigável. Brinquei com a Gladis:

– Tenho a impressão de que seu pai não se opõe mais ao nosso namoro.

Ela não respondeu e foi atender a outro freguês.

Aquela viagem e aquela conquista tinham me dado uma segurança que nunca tinha sentido antes.

De tarde, a gente se encontrou. Quis dar um beijo de boas-vindas, mas ela desviou o rosto. Fiquei surpreso e perguntei:

– Que aconteceu?
– Nada.
– Então por que você foge?

– Não vem ao caso. Tentei superar o mau momento com uma brincadeira leve:
– Não gostou dos beijos que lhe enviei quando fiz gols?
– Sei lá se eram pra mim.
– Eu prometi quando nos despedimos.
– Não convém levar isso adiante.
– Isso o quê?
– Promessas, palavras bonitas...
– Agora vou ter condições de tornar tudo realidade. Vou assinar um bom contrato, a gente pode combinar casamento...
– Pensei em nós dois e acho melhor não continuar...
– Por quê? Há outra pessoa?
– Não. A pessoa é você mesmo, mas tenho medo de quando você ficar famoso. Nessa hora, vai me largar, procurar umas modelos, que todo jogador famoso arranja...
– Isso não tem nada a ver comigo! Eu te amo!
– Estou decidida. Prefiro terminar agora a sofrer depois.

E foi desse jeito que Gladis me deu o fora.

Fiquei triste, mas achei que precisava lutar pelo amor como lutara pelo futebol. Seu Tavico me dera um fora muito maior, e agora eu estava aqui, campeão do mundo sub-17.

Desta vez, decidi que tinha de agir sozinho, afinal Neco não podia estar sempre por perto. Se eu queria a Gladis, tinha de conquistá-la com minhas palavras, sem o auxílio de ninguém. Claro que eu, agora, estava muito mais seguro do que antes. Sentia que a minha carreira ia deslanchar, e isso dava firmeza a meus atos, pelo menos na aparência. Entrei na lanchonete de cabeça erguida e cumprimentei de longe seu Leonço. Ele agora me tratava muito bem e respondeu meu cumprimento. Sentei perto do balcão e esperei que Gladis viesse perguntar o que eu queria. Demorou um pouquinho, mas ela veio, graças a um sinal do pai, que eu percebi, embora ele tenha tido a intenção de que passasse despercebido.

Ela ficou diante de mim sem dizer nada. Então eu falei:
– Por favor, um guaraná e dois pastéis.

Sempre sem dizer nada, ela trouxe o pedido para mim. Atrevido, segurei a mão dela e disse:
– Acho que é a última vez que venho aqui. Estou deixando o alojamento. Fui contratado por um clube grande.

Na verdade, ainda não tinha assinado contrato. Por enquanto, era só conversa, mas eu precisava me dar alguma importância.

Ela não disse nada. Eu continuei:
– Acho que antes você torcia pra que isso acontecesse.
– É.
– E agora?
– Agora tanto faz.
– Será?
– Interessa a você?

Quando disse isso, as lágrimas correram pelo seu rosto. Senti que era hora de finalizar a jogada:
– A mim interessa muito! Quero me casar com você!
– Para quantas já disse isso?
– Para nenhuma. Por que essa desconfiança?

Com o rabo dos olhos, eu controlava seu Leonço, daquele jeito que a gente faz fingindo que vai chutar a bola numa direção e chuta em outra. Ele estava torcendo para que tudo desse certo. Não o queria mal por ter mudado de opinião a meu respeito. Ao contrário, acho que antes ele procurava proteger a filha de um menino sem futuro e agora apoiava o namoro com alguém que podia dar uma vida boa a ela. Imagina se em outro tempo ele ia deixar Gladis ali, diante de mim, no balcão, conversando! Agora ele não só permitia como queria que tudo se acertasse.

Gladis mal podia falar. Tentava disfarçar as lágrimas secando com as costas da mão. Eu estava ousado. No tudo ou nada, estendi minha mão em direção ao seu rosto e sequei uma lágrima. Ela sorriu. Eu também sorri e fui direto ao assunto. Era hora de avançar para o gol, porque nosso zagueirão, seu Leonço, já estava entregue e, se Gladis antes era goleira, agora tinha abandonado a posição. Falei, suave:

– Vou pedir a seu pai para namorar com você.

– Acha que ele deixa?

– Se você quiser, ele concorda. Posso ir?

– Vai.

A voz ainda estava muito presa pelas lágrimas, mas havia um sorriso em seu rosto.

Naquele momento me lembrei do gesto de Neco beijando a mão de d. Ondina e achei que era a coisa mais linda que eu podia fazer. Então, segurei a mão de Gladis por cima do balcão, inclinei a cabeça e dei um beijo tão leve que parecia uma brisa.

No mesmo instante, me afastei e caminhei para onde estava seu Leonço. Ainda bem que a lanchonete, naquela hora, tinha pouco movimento. Mesmo assim, fiz meu pedido de namoro com alguns clientes em volta. Falei com todas as letras:

– Seu Leonço, quero seu consentimento pra namorar com sua filha. Minha situação já está firme, tenho contrato assinado, mas minha intenção é casar com a Gladis assim que tiver um contrato ainda melhor que este.

Pela primeira vez, ele bateu com a mão no meu ombro e respondeu:

– Tenho certeza de que você vai fazer uma bela carreira.

– E o namoro?

A insistência era em razão de minha insegurança, que eu tentava disfarçar, mas me roía por dentro. Ele respondeu:

– Tudo bem.

Então, convidei a Gladis para jantar. As coisas tinham melhorado muito. Entre nós, elas também melhoraram.

Prorrogação

Eu ainda era menor de idade e minha mãe precisaria assinar o contrato por mim. Nem eu nem ela sabíamos nada daquele mundo onde todo o meu futuro seria decidido. Precisávamos de alguém de confiança que soubesse mais do que nós. Decidimos que a única pessoa que conhecíamos que poderia nos ajudar era o Neco.

Minha mãe continuava morando com d. Ondina e, portanto, tocamos no assunto quando fui visitá-la. A primeira reação de Neco foi:

– Não sou capacitado. É preciso gente mais preparada que eu.

Eu respondi:

– Sim, eu sei. Vai precisar de advogado e de outras coisas, mas você sabe discutir o assunto, ler um contrato. Portanto, será meu procurador, está decidido!

D. Ondina entrou na conversa:

– O menino tem razão, Neco. Ele não pode enfrentar as feras sem um amigo firme por perto. Você é a pessoa.

Neco, nessa hora, perdeu seu jeito manhoso de sempre e se mostrou humilde:

– Acho que é muita areia pro meu caminhãozinho.
Eu insisti:
– Foi você quem abriu meu caminho e agora continuará a cuidar do meu futuro.
– Uma coisa é apresentar um garoto de talento para um bom clube; outra, muito diferente, é cuidar dos contratos e negócios de um craque.
– Agora quem está exagerando é você. Ainda não sou um craque e, mesmo que venha a ser, você dará conta do recado.
D. Ondina decidiu:
– Sabe de uma coisa? Vamos ver o que o baralho aconselha.
Embaralhou as cartas e falou para o Neco:
– Corte em três partes em sua direção.
Ele obedeceu.

Ela distribuiu as cartas na mesa, mostrou uma figura e disse:
– Este é você – depois olhou para mim e acrescentou:
– E este é você. Estão juntos, e aqui está o sol iluminando vocês.
Depois, mudou de tom e resolveu:
– É isso aí. Precisam ficar juntos e vão ter sucesso.
Neco ainda estava um pouco receoso com a proposta:
– Sei não.
D. Ondina insistiu, agora sem baralho:
– Afinal, faz muito tempo que você negocia jogadores com times e tem se dado bem.
– Gerenciar jogadores para a terceira divisão é muito diferente de enfrentar os cartolas dos times grandes.
Brinquei com ele:
– Diferente é: você vai ganhar muito mais!
D. Ondina fechou o baralho e disse:
– Vou servir café com bolo e vamos comemorar o acerto entre vocês dois.
Neco ainda pôs uma última dificuldade:
– Nem tenho empresa! Para ser seu procurador, é preciso ter uma.
D. Ondina deu de ombros:
– E daí? Registre uma empresa. Por enquanto, pode dar meu endereço. Depois, você muda para um escritório de verdade.
Todos nós rimos, e foi assim que Neco se tornou meu agente e tudo tem dado certo até hoje. Só que agora ele é uma raposa e me defende como um leão.
Foram duas decisões perfeitas: meu casamento e meu agente.

O casamento aconteceu três anos mais tarde, quando voltei campeão do mundial sub-20. Tantos anos depois, ainda continuo feliz dentro das quatro linhas do campo e entre as quatro paredes da casa.

Ao pensar nessas coisas, fui invadido por uma paz tão envolvente que adormeci.

Horas mais tarde, fui sacudido pelos empurrões de meu amigo da poltrona ao lado, que gritava:

– Acorda, dorminhoco!
– Não me amola!
– Já estão servindo o café.
– Onde a gente tá?
– No avião, seu idiota.

Esfreguei os olhos, passei uma toalha úmida no rosto e percebi que era outro dia, noutro continente, e a viagem estava acabando.

Com a mesma emoção que sempre me invadia nos momentos decisivos, eu ia enfrentar mais uma Copa do Mundo e, decerto, ia chorar de alegria no final, como tinha feito outras vezes.

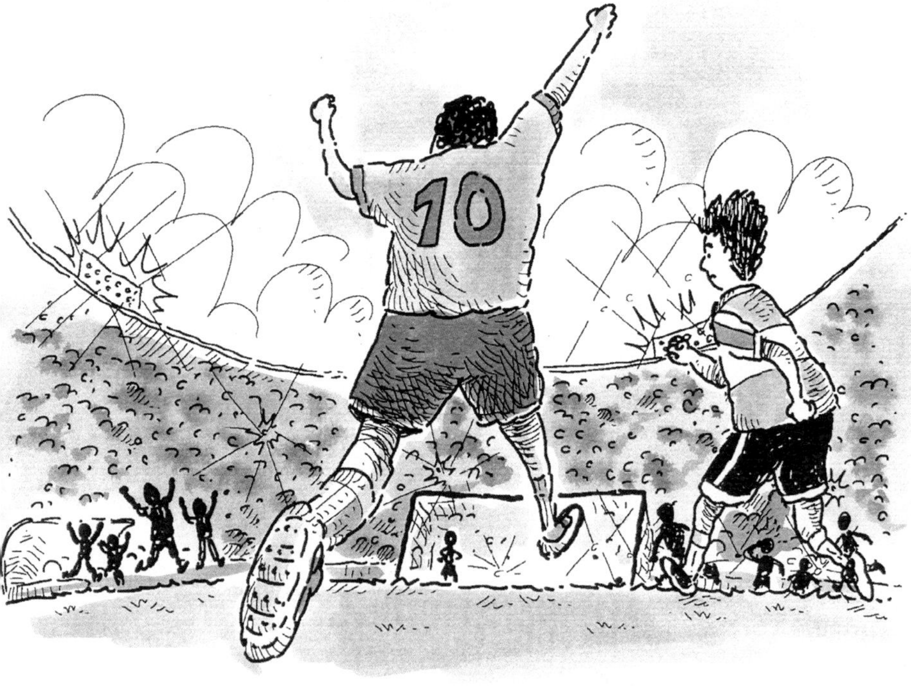
10

Sobre a autora

Edy Maria Dutra da Costa Lima nasceu em 1924 em Bajé (RS), onde passou a infância e a adolescência. Leitora voraz, escrevia desde cedo. Aos 19 anos, um de seus contos foi publicado na Revista do Globo (Porto Alegre), que, na época, contava com a colaboração de escritores gaúchos do porte de Mário Quintana. Aos 20 anos, Edy Lima veio para São Paulo (SP), graças ao apoio de Monteiro Lobato. Publicou seu primeiro livro para crianças em 1945, com apenas 21 anos, e hoje, mais de sessenta anos depois, continua escrevendo com o mesmo encanto que agrada ao público e à crítica.

Seu estilo foi muito bem definido por Luiz Carlos Lisboa, na revista Veja, em 1973: "A fórmula secreta, a capacidade de arrebatar dessa escritora resulta da familiaridade com que ela trata o absurdo, da sabedoria simples que emana de suas criaturas e da variedade das situações montadas com destreza de malabarista".

A professora doutora Rosa Riche, ao estudar a obra de Edy Lima, em sua tese na UFRJ (1995), afirmou: "Edy Lima faz parte do grupo de autores que coloca em sua obra a esperança de um mundo mais justo, onde papéis sociais se equilibram, dialogam na grande utopia dessa passagem de século".

Edy Lima trabalhou na imprensa, foi editora e produtora de discos para crianças, escreveu novela de TV e peças de teatro. Fez parte do seminário do Teatro de Arena de São Paulo, que renovou a dramaturgia brasileira no fim dos anos 1950 e começo dos anos 1960.

Todas essas realizações e experiências a conduziram a aprimorar sua literatura. Nos anos 1970 participou, com obras de alta criatividade e inovação, do movimento renovador que atingiu a literatura infantil e juvenil brasileira.

É autora de cerca de cinquenta títulos, com diversas edições e traduções para italiano, espanhol e catalão. Recebeu os prêmios Jabuti, da Associação Paulista de Críticos de Arte (APCA) e do Serviço Nacional de Teatro, entre outros.

Edy Lima continua a morar em São Paulo, onde decorreu a maior parte de sua vida, tem um casal de filhos, dois netos e uma neta.

BIBLIOGRAFIA DE EDY LIMA

A moedinha amassada (1945); O menor anão do mundo (1952); Uma aventura pela história do Brasil (1952); Minuano (1958); A vaca voadora (1972); A vaca deslumbrada (1973); A vaca na selva (1973); A vaca proibida (1975); A vaca submarina (1975); A vaca invisível (1976); A farsa da esposa perfeita (1976); A vaca misteriosa (1977); A volta ao mundo em 80 dias – adaptação (1979); O poder do superbicho (1979); Magitrônica (1980); Mergulho na água (1985); Cobertos de terra (1985); Flutuando no ar (1985); Brincando com fogo (1985); Melhor que a encomenda (1985); Como pagar a dívida sem fim (1986); Lourenço Benites – Pisces in Aquario (1986); A gente que ia buscar o dia (1987); Mãe que faz e acontece (1987); Mãe assim quero pra mim (1988); O outro lado da galáxia (1990); Pai sabe tudo e muito mais (1992); Papai maravilha (1992); A gente e as outras gentes (1995); Bicho de todo jeito e feitio (1995); Presente de amigo e inimigo (1995); A escola nossa de cada dia (1996); Pátria adorada entre outras mil (1996); Índio cantado em prosa e verso (1997); Ao sol do novo mundo (2000); Domínio da incerteza (2000); *As aventuras de Tom Sawyer* – adaptação (2004); *Os miseráveis* – adaptação (2004); *Alice no país das maravilhas* – adaptação (2003); *A quadratura do círculo* (2005); *O guarani* – adaptação (2005); *Primeiro amor* (2005); *Alice no país do espelho* – adaptação (2006); *Daniel na cova dos leões* – adaptação (2006); *Ali Babá e os quarenta ladrões* – adaptação (2007); *Oliver Twist* – adaptação (2008); *A sopa de pedra* (2009); *Bobos e espertos* (2009); *O macaco e o confeito* (2009); *Os patinhos lindos e os ovos de ouro* (2009).